돌아오는 길

돌아오는 길 · 나태주 신작 시집

초판 1쇄 발행 2014년 10월 15일

지은이 나태주

펴낸이 김선기
펴낸곳 (주)푸른길
출판등록 1996년 4월 12일 제16-1292호
주소 (152-847) 서울시 구로구 디지털로 33길 48 대륭포스트타워 7차 1008호
전화 02-523-2907, 6942-9570~2
팩스 02-523-2951
이메일 purungilbook@naver.com
홈페이지 www.purungil.co.kr

ISBN 978-89-6291-264-7 (03810)

*이 도서의 국립중앙도서관 출판예정도서목록(CIP)은 서지정보유통지원시스템 홈
페이지(http://seoji.nl.go.kr)와 국가자료공동목록시스템(http://www.nl.go.kr/
kolisnet)에서 이용하실 수 있습니다. (CIP제어번호: CIP2014028286)

돌아오는 길

나태주 신작 시집

푸른길

경배, 꾸벅

말기의 행성인 지구. 말기의 인생인 나. 하지만 나는 지구한테도 나의 인생한테도 희망을 버리지 않는다. 희망은 사랑이란 말과의 동의어. 가슴속에 사랑이 남아 있는 한 희망은 사라지는 것이 아니다.

언제든 살아남기 위해서 시를 썼다고 말하고 싶다. 쓰지 않으면 안 될 것 같아서 시를 썼다고 또 말하고 싶다. 이 시집도 와르르 써졌다. 써졌다기보다 찾아왔다고 말하는 편이 더 옳을 것이다.

여전히 열심히 찾아 주시는 시에게 감사한다. 기회를 주시는 하나님께 더욱 감사한다. 뿐이랴. 시의 영감을 보태 주는 지인들과 지상의 모든 사물들에게 감사한다. 경배, 꾸벅!

2014년 가을 초입, 나태주

차례

| 2부 |

언제든 살아남기 위해서 시를 썼다고 말하고 싶다.

쓰지 않으면 안 될 것 같아서 시를 썼다고 또 말하고 싶다.

· 1부 ·

칸나

어디로 가야 너를 만날 수 있을까?
꽃들은 시들고
나뭇잎은 나무에서
내려오기 시작하는데

뜨락의 저 붉은 칸나
시들 때 시들지 못하는
초록빛 너른 치마
저 붉은 입술, 입술

떠날 때 떠나지 못하는
누군가의 슬픔이여
잊을 것을 잊지 못하는
안쓰러운 목숨이여

어디로 가면 너를 다시 만날 수 있을까?
이 가을에 이 가을,
이 가을에.

소망

많은 것을 알기를
꿈꾸지 않는다

다만 지금, 여기
내 앞에서 웃고 있는 너

그것이 내가 아는 세상의
전부이기를 바란다.

돌아오는 길

점심 모임을 갖고 돌아오면서
짬짬이 시간
돌아오는 길에 들러 본 집이 좋았고
만난 사람은 더 좋았다

혼자서 오래 산 사람
오래 살았지만 외로움을 잘 챙겼고
그러므로 따뜻함을 잃지 않은 사람
마주 앉아 마신 향기로운 차가 좋았고
서로 웃으며 나눈 이야기는 더욱 좋았다

우리네 일생도 그렇게
끝자락이 더 좋았다고 향기로웠다고
말할 수 있었으면 참 좋겠다.

찬바람 분다

올해도 아침저녁 찬바람 분다
어느새 가을?
가을이면 오래 묵은 사람과도
새로운 이야기를 해보자
마른 입술이라도 사랑의 이야기를 담아보자
아, 그때 그랬구나
그래서 그랬었구나
그러지 않아서 얼마나 다행인가
눈에 번쩍 들어오는 아침 햇빛
벗은 팔에 스치는 민망한 바람
오래 묵은 사람이 새사람이다
버린 이야기가 좋은 이야기다
정이나 당신이 그러신다면 돌아가시지요…
그런 말을 남기고 간 사람도 있었더라.

추억

방학이 되어 고향집에 돌아와
사랑방에 잠시 누워 낮잠을 청할 때
왱왱 얼굴 위로 소리를 내며
날고 있던 몇 마리의 파리
아, 내가 비로소 어머니의 집에
아버지의 집에 돌아왔구나
깨우쳐주던 그 실감

파리도 정다운
친구가 되어주던 시절이 있었다.

꿈

밤톨만 한 꿈이 아니다
분꽃 씨앗도 크지
봉숭아 꽃 씨앗이거나 채송화 씨앗 크기만 한
꿈이라도 있거든 가슴에 부둥켜안고
평생을 아끼며 살아갈 일이다
끝내는 그 꿈이 많은 사람들 가슴으로 옮겨 가서
봉숭아 꽃이 되고 채송화 꽃이 되어
예쁘게 예쁘게 피어날 날을 기다리며 살아야 할 일이다
꿈이 이루어지고 안 이루어지고는
우리가 상관할 일이 아니다
누군가 커다란 손의 임자가 때가 되면
그 꿈을 차례로 이루어주실 테니까 말이다.

멀지 않은 날

흰 구름 너머
독일이란 나라가 있을까?
스위스도 있을까?
흰 구름 보면서
만난 적 결코 없는
헤르만 헤세를 그리워한다
라이너 마리아 릴케, 괴테, 아이헨도르프,
더러는 한스 카로사
젊은 시절 내 이웃이요 친구였던 이름들
마음의 스승이었던 시인들 이름을 외운다
그들이 내 안에 들어와 오랫동안
나와 함께 소금사막을 견뎠음을
이제야 깨닫는다

만날 날이 멀지 않다.

말미

우동국물 뜨겁나

천안시외버스터미널
기사식당

내가 다시 살아서 또
이 우동을 먹는구나!

후후 불면서 우동국물
끝까지 다 마신다.

그날이 그날

오늘도 나는 남한테
밥 얻어먹지 않고
욕 얻어먹지 않고
특별한 일도 없이
하루를 보내고
집에 돌아와
양말을 벗고 찬물에
발을 씻는다

그날이 그날
참 잘했다고
내가 나한테
칭찬해주고 싶은 날이다.

오타

컴퓨터 자판에 '삶'이라고 쳤는데
모니터엔 '사람'으로 나온다
번번이 독수리 타법, 오타다

아, 삶이란 결국 사람이고
사람이 곧 삶인 거구나
독수리 타법에 감사하며
오타에 고개 숙인다.

애물단지

어려서 편하고 푸근하고
좋기만 하던
외할머니

나 혼자 한없이 기대고 싶고
부드럽고 넉넉하기만 하던
외할머니

그분에게 내가 얼마나
애물단지였고
고민덩어리였을까?

그깃도 38세에 청상과부 된
그분에게 4살짜리
외손자였다니!

오늘날 손자아이한테
매달리는 아내를 보며
새삼 깨우치며
마음 아파 그런다.

아내의 꽃

분꽃이 피면
어머니 말씀
애야 보리쌀
깨끗이 씻어서 삶아
보리밥 지어라
생각이 나요

애야 배고프다
아직도 밥이 다
되지 않았느냐?
멀었느냐?
밥 재촉 하시던 어머니
그리워져요

초가지붕 추녀 아래
매캐한 나무 연기 아래
아내 단발머리 시절
볼이 붉었을 그 시절.

집

자전거 타고 외출했다가 돌아와
대문간에 자전거 받치고는
아버지 언제나 첫 말씀은
느이 엄마 집에 있냐? 셨다

어머니가 계시나 그러면
집 안으로 들어오고
안 계시다 그러면 휑하니 다시
밖으로 나가시던 아버지

아버지에게는 어머니가 집이었고
안식이었고 평안이었다

그런데 아들아이의 집은
2년 전 하늘나라로 떠난 후
아직도 돌아오지 않고 있다

오늘날 이것이 우리 집의 문제다.

아내란 사람

아내는 나에게
밥이고 집이고 옷이다

친구들과 약속으로 아내가
점심 먹으러 나간다 그러면
갑자기 배가 고파져
아내더러 밥 달라 해서 먹고
아내가 있는 곳에선 어디서나
훌렁훌렁 옷을 벗고
아내와 여행을 떠나서는 아예
집 걱정을 하지 않아도 좋았던 나

아마도 그것은
다른 남정네들도 그럴 것이다.

아내 없는 날

물먹은 현악기 줄 같다
딩, 딩, 딩, 딩…

밥 먹고 싶은 생각도 없고
딱히 하고 싶은 일도 없고
그렇다고 외출하기도 싫고

다만 딩, 딩, 딩, 딩…
종일을 그러고만 있다.

멍

다리에 멍 팔꿈치에 멍
지난번에는 한 개더니
이번에는 두 개
어디서 언제 부딪쳤는지도
모르는 시퍼런 멍 자국

지난날 자신도 모르게
남긴 잘못이 얼마나 많았을까?
자식에게 이웃에게 제자들에게
동료에게 더러는 부모나 형제에게

아, 눈을 가리고 싶어라
그러나 눈을 가린다 해도
마음은 가릴 수 없으니 어쩌나
어디서 언제 누구에게
멍을 만들어주었는지
그조차 알지 못하니 정말 어쩌나…….

추석 무렵

추석 무렵 따가운 햇빛 아래
달개비 꽃 새파란 입술
멀리 심해선 밖 바다 물빛
놀다가 가고

추석 무렵 노곤한 햇빛 아래
물봉선 꽃 새빨간 입술
보이지 않는 지구의 심장
숨 쉬다 간다

그러나 사람들 짐짓 알지 못하지
높푸른 하늘에 짜르르
가늘고 파아란 비단강물 풀어놓는
매미의 울음

올해도 이렇게 여름은 간다.

문학 강연

외로워요 나 좀 보아주세요
나에겐 위로가 필요해요

의외로 외로운 사람 많다
의외로 시 좋아하는 사람 많다

여기저기 이름 없는 풀꽃들
여기저기 울음 죽인 새들

사람들은 이제 비어있는 깡통이다가
발에 밟혀 찌그러진 깡통 납작해진 깡통

외로움 한도 끝도 없다
거꾸로 위로 받고 돌아온다.

피곤한 초록빛

오늘도 피곤한 하루 저녁시간
날 저물어 피곤해서 좋다 감사하다
노곤하게 지는 늦은 봄날 저녁 햇빛
담쟁이 넝쿨에 비친다
이런 땐 초록도 피곤한 초록빛
피곤한 초록빛이어서 맘 편하다
너도 좀 쉬거라 오늘 하루
함께 잘 견뎌주어서 고맙구나.

5월 나무

그냥 거기 있어서 좋다
그냥 거기 암말 없이
잎이 푸르고 단풍잎 지고
때로는 헐벗어서 좋다

더구나 5월이 다시 와
새잎이 나는 느티나무
그 옆에 호두나무
아, 감나무 감나무 이파리

어린 햇빛이 와서
목욕 감으며 놀고 있는 하나
하나씩의 조그만 호수인
감나무 어린 이파리

이 어찌 눈부신 생명인가
다시 숨 쉬는 목숨으로
새 이파리 솟는 감나무 보아서
얼마나 좋단 말인가

이웃집 젊은 할머니
감나무 그늘 아래
손자 아이 업고 나와
콧노래로 자장가 불러주고 있다.

연어 앞에서의 부끄러움 • 1

저들이 정말로 연어란 말인가?
캐나다 서부 로키산맥 깊숙이
외진 마을 역시 외진 개울물
그들은 죽어가고 있었다

몸집이 제법 우람했다
성질 급한 한국인 관광객들이
손으로 잡아 들어 올리는데도
사람들 팔에 몸을 부린 채
잠자코 있었다

저들이 정말로 한국의 예식장
뷔페식당 같은 데서
내가 맛있게 먹던 그
주황빛 나는 고기의 원형이란 말인가?

태어난 물에서 출발하여
바다로 나아가 어른고기로 자란 다음
한사코 바닷물과 민물을 거슬러
제 고향의 개울을 찾아
알을 낳고 일생을 마친다는 연어

그들의 임종 앞에서 나는
사람인 것이 자꾸만
부끄러운 생각이 들었다
눈에 눈물이 핑 돌았다.

연어 앞에서의 부끄러움 • 2

애기고기로 민물을 떠나
바다에서 자란 연어
알을 낳기 위해 제가 떠난
민물로 돌아오는 길

더러는 가파른 물살을 거슬러 오르다가
곰한테 잡혀 먹히기도 한다는데
곰이 연어의 알만 빼먹고
다시 물에 던지면

그 연어 오르던 물길을 계속해서 올라
끝내 제가 떠나간 모천으로 돌아와
다른 연어들처럼 알 낳는 시늉까지
다 하고는 숨진다 그런다

아, 처절한 목숨의 본능이여
징그러운, 징그러운 모성의 향기여
그 이야기 듣고 나는
가슴이 쩌릿하고 소름마저 끼쳤다.

시인의 얼굴

늙은 시인의 얼굴이 편하고 좋다
늙은 얼굴 가운데서도
세상 뜨기 얼마 전의
얼굴이 더욱 좋다

풍화된 바위 같은 통나무 같은…

그 얼굴 몇 점 남기려고 시인은
그 고생으로 시에 매달리고 울며
세상 한 귀퉁이 견뎠던 것이다.

조그만 시인

어려서 다만 나는 한심한 아이, 만만한 아이였다. 동네 아이들 누구도 함부로 이름 불렀고 함부로 심부름 시켰고 함부로 따돌렸다. 동네에서도 가장 높은 곳에 있다 해서 꼬작집이라 불리던 오두막집에서 젊은 외할머니랑 사는 키 작은 사내아이. 아무도 돌봐주는 사람이 없었다. 매 맞는 날도 있었는데 그런 날이면 외할머니 나를 때린 아이네 집에 찾아가서 따지기도 하고 하소연하기도 했다. 별명도 여러 가지였다. 성씨가 나가라 해서 날타리라 불렀고 머리가 커서 대갈장군, 4학년 분수를 배운 뒤로는 아이들 나를 가분수라 놀렸다. 그렇다면 이렇게 만만한 아이, 한심한 아이, 보잘것없는 아이한테 하늘은 아무런 축복도 없었을 것인가. 그냥 내려다보고만 있었을 것인가. 아니다. 하늘은 나에게 생각하는 마음을 주었고 오늘보다 내일을 꿈꾸고 먼 것을 그리워하는 마음을 주었다. 혼자서 책 읽고 혼자서 그림 그리는 외로움을 주었고, 특히 사람을 좋아할 줄 아는 능력을 선물했다. 그래서 나는 끝내 조그만 시인이 될 수 있었다. 오늘날 길가에 보도블록 사이에 버려진 채 피어 있는 저 풀꽃들을 본다. 아무도 들어주지 않는 산골의 물소리, 새소리를 듣는다. 그들에게 하늘의 축복은 없을 것인가. 아니다. 그들에게도 응분의 축복과 보살핌과 사랑은 있을 것이다. 그러므로 너무 그들을 안쓰럽게 여길 것까진 없다. 그들도 오늘 그들 목숨의 최상을 살고 갈 뿐이다. 그들도 나처럼 이 땅에 나와 조그만 시인으로 살고 있는 것이다.

묵집

낡은 문지방 너머
청개구리 울음소리랑

대문간에 지다 만 금낭화랑
뻐꾸기 울음소리랑

옛날의 옛 사람
다시 오기 바란다.

시인은

시인은 때로 짐승의 편이고
나무와 풀꽃들의 편인 사람
어찌 사람이 기를 쓰고
사람이려고만 그럴까…

시인은 바람이 되어
흔들리기도 하고
구름이 되어
흐르기도 할 줄 아는 사람

새들이나 풀벌레들의 이웃이 되어
우는 것은 마땅한 일
메이저보다 시인은
마이너이기를 자처하고

높은음자리표로만
노래하는 것이 아니라
낮은음자리표로도
노래할 줄 아는 사람.

셋이서

자치동갑 홍희표
한 살 아래인 그는 박용래 시인한테
형님이라 부르고
한 살 위인 나는 박용래 시인을
선생님이라 불렀다

그런데도 박용래 시인은 늘
홍희표에게만 후했고
나한테는 박했다

까칠한 박용래 시인
글을 보고서도 트집이 많았고
옷을 입은 걸 보고서도
촌스럽다 핀잔을 해댔다

나중에 홍희표랑 셋이서
주막에서 만나면
막걸리 한잔 사드리면서
왜 그랬느냐 물어봐야겠다.

시에게 부탁함

그 시절 힘들었을 때
살며시 이마 위 꽃잎으로 얹히고
어깨 위에 부드러운 손길로 왔던 누군가의 시
그로 하여 그래도 내가 숨 쉴 만했고
가던 걸음 이을 수 있었던 것처럼

가라! 이제는 나의 시에게 말한다
어디든 가서 내가 모르는 사람
그날의 나처럼 힘든 사람에게
부드러운 손길이 되고 가벼운 꽃잎이 되라

그리하여 뒷날
나의 시로 하여 그래도 견디기 힘든 날
숨 쉴 만했다고 견딜 만했다고
그래서 조금은 좋았다고 고백하게 하라.

거리의 고달픔

문화원의 숙이와 영이가
추석선물로 사온 방울토마토를
식탁에 올려놓고
아내가 말했다

문화원 아가씨들이
고등어 사 왔어요
고등어가 아니지, 그건 딸기야

방울토마토와 딸기는 그렇다 치고
방울토마토와 고등어의 거리는
얼마나 먼 것일까?

그 거리의 고달픔으로 오늘도
하루가 힘들게 흘러가겠다.

아들에게

세상과 버팅기려고 하지 말라
세상과 이웃이 되고 친구가 되라
될수록 세상과 함께 즐기고
나아가 세상과 함께 숨을 쉬라
세상을 슬퍼하거나 걱정하지 말고
세상을 가슴에 품고 사랑하라
봄에도 그렇게 하고
여름에도 그렇게 하고
가을과 겨울에도 그렇게 하라
부디 세상을 손가락질하거나
욕하거나 주먹질하려고 하지 말라
네가 먼저 세상을 이해해주고
세상과 친해지고 세상의 편이 되어주라
끝내 세상과 어깨동무가 되고
세상과 동행하라
그것이 네가 세상이 되는 길이고
세상이 네가 되는 길이다.

꾀꼬리

해가 떴다고
해가 뜰 것이라고
꾀꼬리 운다

아침에 일찍
잠 깬 사람만
꾀꼬리 울음소리 듣는다

아침에 일찍
잠 깬 꾀꼬리만
사람을 깨운다

이쪽에서
듣는다 싶으니
숨을 고르는 꾀꼬리

꾀꼬리야
쉬지 말고
울어다오.

*

어려서 외할머니
'고추밭에 조 도령' 하며
운다고 말해주던 꾀꼬리
도령을 그리워하다가
죽은 처녀아이가
꾀꼬리 되어 운다고 말해주던
그 꾀꼬리
아직도 도령을 못 잊었나,
여기까지 따라와 울고 있다.

■ 일본 규슈 다카시마(鷹島)에서.

수국

이웃나라 일본
일본에서도 규슈
올 때마다 6월
가는 곳마다 수국이
예쁘게 웃어주었다

글자로 풀면 물국화
섬나라 깨끗한 햇빛
습기 머금은 바람에
만날 때마다
낯선 사람을 반겨주었다

말없이 웃기만 하는
섬나라 아가씨
눈에 삼삼 돌아가
오래 잊혀지지 않겠다.

■ 일본의 야메(八女) 시에서 오이시요코(大石要子) 씨에게 즉석에서 써서 드린
글. 그녀는 내 시를 아는 유일한 일본인이었다.

뒤뜰

할 일 없는 노친네
밤나무 아래 너무 오래
앉아있는다 싶었을 것이다

이거나 받으슈!
밤나무가 밤알을
툭 던진다

오냐 밤나무야
노친네 오래 두고
밤알을 줍지 않는다.

빈방

전화를 건다
뚜루루
한 번 간 마음이
오래 돌아오지 않는다.

가을 과원

어쩌면 하늘의 손이라도
만날 것 같다

부드럽고 하얀 손이 아니라
일을 많이 해서 거칠어진 손이다
시커멓게 그을린 투박한 손이다

덥석 잡아보고 싶은 마음
온기가 느껴지고 신뢰란 것이
또 느껴지리라

저만큼 볼이 붉은 어린 계집애들이
웃고 있다
니들은 뭐가 그리 좋아서
웃고만 있는 거니?

더욱 공손한 마음으로
하늘을 받들고 싶다.

동리 목월 문학관

경주에서 태어나
대구에서 잠시 살고
서울서 오래 살던 선생님,

이제는 고향 경주로 내려가
주민등록증을 옮긴 채
살고 계셨다

형님 같은 동리 선생 댁 옆에서
다시는 더 이사를
하지 않는다 하셨다.

싸리꽃

호오이 산길 혼자서 걸어갈 때
누군가 아는 체 웃었다

좋은 사람 만나러 갔다가
허탕 치고 돌아오는 길

쓸쓸한 나 덜 쓸쓸해하라고
수풀 속에 흔들리는 보랏빛 웃음

빈 하늘도 네가 있어 그런 날
끝까지 서럽지는 아니했단다.

동백꽃

뜨거운 가슴 하나
피어서 지지 않는 동백꽃 한 송이
새하얀 맨발로 오늘도
시린 세상의 강물을 건너가리라

난아 난아
나의 사랑 난아.

■ 김애란 피디를 위하여.

장자에게 묻는다

장자가 우리에게 물었다
인생은 문틈으로 빠르게
달려가는 하얀 망아지
당신은 그 망아지 꼬리를 보았는가
몸체를 보았는가
아예 아무것도 보지 못했는가
오늘 나는 새롭게 장자에게 묻는다
당신은 그 인생을 바라보고만 있는
한 사람을 본 적이 있는가.

새소리

요즘에도 새들은 아침마다 운다
살았다고
좋았다고
지난밤을 무사히 잘 넘겼다고
새들은 운다

새들의 울음은
현란하고 처절하다
솔직담백하다

그러나 사람들은
요즘엔 새들이 울지 않는다고
불평한다
어디로인지 새들이 모두
떠났다고 말을 한다

사람들이 자기들
숨 쉬기 바쁘고
귀 기울여 잘 듣지 않은 탓이다

사람들의 삶이
새들의 삶처럼 처절하지도 않고
현란하지도 않기 때문이다
솔직담백하지도 않기 때문이다.

팬지 • 1

알프스 높은 산골짜기, 그리고 언덕
언덕 위에 작은 집
창가에 턱을 괴고 앉아있는 작은 여자아이

무엇을 생각하고 있는 거니?
그냥 앉아있는 거예요
무얼 보고 있는 거니?
봄이 왔잖아요!

눈 녹은 물을 마시고 피어나는
맑은 영혼이 거기에 산다.

팬지 • 2

애는 꼭 이맘때
길거리에 나온다

아직은 찬바람 남아서
옷소매 치울 때

꽃등 들고 나와
미리 오는 봄을 맞는다

다른 꽃들 나오기 시작하면
뒷걸음질로 숨는 아이

이 아이 다시 보려면
1년은 또 기다려야만 한다.

팬지 • 3

자르르 요염기가 흘렀다
그래도 내숭을 떨고만 있으니
그냥 봐줄 수밖엔 없는 일

바람이 불 때
외로 고개를 꼴 때
머리칼이라도 조금 날릴 때

들키고 싶은 마음
끝내 속일 수는 없겠다.

돌아간 막동리

70의 추석 다시 찾은 고향집
박무薄霧 자욱한 아침 여섯 시

일찍 잠 깨어 서성이며
뜨락의 새하얀 옥잠화 본다

옥잠화는 무슨 소망으로
올해도 꽃을 피웠을까?

90의 부모님 앓는 소리
잠에서 안 깨셨는데

안개 속 멀리 산비둘기
그도 흐느껴 운다.

울면서 쓰고 싶다

맨 처음 나에게
한 사람의 독자가 있었다
어머니였다
어머니를 위해서 시를 썼다

그 다음엔 좋아하는
여자를 위해서 시를 썼다
한 번도 아니고 여러 차례
그렇게 했다
나중에는 아내를 위해서
쓰기도 했다

지금도 나는
한 사람의 독자를 그리워하며
시를 쓰고 싶다
어디에 있을지도 모르는
당신을 위해서 시를 쓰고 싶다

울면서 쓰고 싶다.

서울 소감 • 1

늙은 도시 서울
자주 고장 나는 전철에서 내려
문득 찾아든 오래된 옛집 추녀 아래
방울방울 듣는 빗방울 소리여

시골 내려올 때마다 나하고
시장골목 누비며 밤늦도록
술을 마시던 서울친구들은 지금
어디서 살고 있는 걸까?

핸드폰을 꺼내어
하나하나 이름을 지운다.

꽃들아 안녕

꽃들에게 인사할 때
꽃들아 안녕!

전체 꽃들에게
한꺼번에 인사를
해서는 안 된다

꽃송이 하나하나에게
눈을 맞추며
꽃들아 안녕! 안녕!

그렇게 인사함이
백번 옳다.

거짓말처럼 참말처럼

장기 환자로 입원해 있을 때
주사 맞는 일, 약 먹는 일,
죽을까 살까 고민하는 일이 전부일 때
잠이 오지 않는 저녁이 많았다
그럴 바엔 꼬박 밤이나 한번 새워보자
정말로 한밤을 꼬박 새워본 적이 있었다
병원의 정원과 넓은 주차장 가득 가로등들
저 가로등들은 언제쯤 꺼질 것인가?
불이 꺼지는 순간을 놓치지 않으려고
가로등에서 눈을 떼지 않았다
끝내 꺼지지 않을 것 같던 가로등 불빛들
그러나 정말 어느 순간 가로등은 꺼졌다
깜박, 누구도 눈치채는 사람은 없었다
거짓말처럼 가로등은 켜져 있었고
거짓말처럼 가로등은 꺼졌을 뿐이다
아, 내가 죽는다 해도 저럴 것이 아닌가…
세상에 있는 듯 없는 듯
거짓말처럼 참말처럼 나는 졸립기 시작했고
아침잠을 편안히 오래 잘 수 있었다.

유성 거리

한 때는 이 거리가
시인 한성기韓性祺의 거리일 때도 있었다

우체국 옆 사거리에
빵 가게를 내고 있었다

휘적휘적 걸어가던
키 큰 함경도 사나이

가끔은 함경도에서부터 따라온
외로움과 슬픔이 뒤따라 다니기도 했었다.

딸 부잣집

우리 동네 금학동 딸 부잣집
조그만 가겟방 오래 열면서
예쁜 꽃들 가꾸며 사시던 내외분

내리내리 딸들이 예쁘고
예쁜 딸들처럼 해마다 예쁜 꽃들
피어나게 하곤 했는데

바깥양반 먼저 세상 뜨시고
혼자되신 안양반에게
어느 날 우리 집사람 지나가다가
할머니가 고우셔서 딸들이 예쁘다고 말했더니

그건 아니고 오히려 돌아간
할아버지가 고우셔서 그것은 그런 거라고…
할머니 그 말씀이 더 곱고도 예쁘십니다.

금학동

뻐꾸기 운다
비둘기도 운다

우리처럼 금학동을
좋아하는 사람들 없을 거야
베란다에서 아내와 이야기 나눈다

죽어서도 가끔은 금학동이
생각나겠지 그립겠지
그래서 가끔은 다녀가기도 할 거야

다시 뻐꾸기 운다
멀리 꾀꼬리도 운다.

서울 소감 • 2

너무 많은 벌레들이
매달려 있다

나무 한 그루에
그것은

잎새라 해도 그렇고
열매라 해도 그럴 것이다.

겨울밤

살아 있는 시인들의 시가
너무 가볍다
언필칭 대가들의 시
인기 시인들의 시가
더욱 그렇다
가끔은 시집을 들어 올려
방바닥에 패대기친다
꽝!

매화 아래

깨끗이 쓸어 논 마당을
밤사이 매화나무가
어질러 놓았다

비로 쓸고 있는 사이에도
후룩후룩 매화나무는
붓질을 했다

매화나무야 걱정 말아라
너는 그림 그리고
나는 그림 지우면 되니까.

그대의 자수

있었던,
있지도 않았던,
사라져버린,
그러나 지금도 있기는 있는,
그 무엇… 떨림, 기쁨,
기다림, 그리움, 하늘에 뜬 분홍빛 붕어,
혹은 연두빛, 초록빛의 종이배,
브라운 톤이었다가 이제는
퍼플로 바뀌어버린
다시 또 그 무엇.

잡은 손

잡은 손 놓지 말아요
부디 오래 잡고 있어줘요
그 손 놓으면
그만 와르르 낭떠러지
별들이 기울어요
하르르 꽃잎이 져요
나폴나폴 꽃잎은 별들은
나비 되어 땅에 떨어져요
우리 마음 둘이서
더는 날지 못해요.

맑은 영혼

점핑하듯 훌쩍
날아가셨군요
붉고 노랗고 하얀 꽃
때문이 아닙니다
당신의 몸무게가
너무나 가벼워서 문득
눈물이 번진 겁니다.

밥집

먹을 수 있어서 좋구나*

마실 수 있어서 좋구나

함께 있어서 더욱 좋구나.

* '먹을 수 있어서 좋구나' : 영화 〈명량〉의 이순신(최민식 분) 장군 대사 인용.

■ 서울아산병원 구내식당에서.

중학생을 위하여

하루에 세 번씩 반성하고
세 번씩 자신을 꾸중하라는 말씀은
오래전 옛말이다

오히려 하루에 세 번씩
자기가 한 일들을 돌아보고
세 가지를 칭찬하라

나는 오늘도 밥을 잘 먹었다
학교에 결석하지 않고 나왔다
친구들이랑 다투지 않았다

정이나 칭찬할 것이 없으면
네 굵고도 튼튼한 다리를
칭찬하라

그 다리로 하여 너는
대지를 굳게 딛고 서 있는 것이고
멀리까지 갈 수도 있는 것이다

이 얼마나 장한 일이냐!
이러한 생각 속에서
너의 세상이 달라질 것이다.

커피 전문점

애야, 네가 지금
손님을 위해서 웃고 있지만
실은 너 자신을 위해서
웃고 있는 거란다

고맙습니다
마주 웃는 하얀 이가
다시 예뻤다.

화내지 마세요

엄마, 화내지 마세요
심부름도 잘 하고
동생들이랑 잘 놀고
공부도 잘 할게요

엄마, 화내지 마세요
누가 뭐래도
엄마는 내 엄마
나는 엄마의 아들.

선한 양식

잠자리에서 일어나기가 쉽지 않다
가만가만 숨을 쉬면서
맑은 공기에게 감사해본다
살그머니 눈을 뜨면서
밝은 햇빛에게도 감사한다
오늘도 하루 살아갈 용기가 된다
힘이 된다
하루를 버틸 선한 양식이다.

삼베옷

오빠,
죽어서 삼베옷 입지 말고 살아서 입어요
청양 누이가 지어준 삼베옷
해마다 여름이면 입고
그 마음 느낀다

안 입은 것보다 더 시원한 삼베옷
앞으로 몇 번이나 더 그 여름 입을 것인가.

귀환

초콜릿, 아이스크림, 청량음료
아이들이 빠지기 쉬운 함정

술, 담배, 여자, 허랑 방탕
어른들이 빠지기 쉬운 함정

나는 지금 두 번째 함정에서 벗어나와
첫 번째 함정으로 귀환 중이다.

아내

소파에 길게 누워 잠들었을 때
이불을 덮어주는 여자

아침 일찍 일어나 나를 위해
과일을 깎는 여자

저녁 늦은 시간까지 잠 자지 않고
집에서 기다려주는 여자

세상에 하나밖에 없는 여자
이제는 늙어버린 여자.

먼지

아내는 방바닥에 앉은 먼지를 두려워한다
조금이라도 먼지가 앉으면 안절부절못하고
청소기를 가져다 그것을 없애려고 애쓴다

그러나 나는 바닥이 좋고
바닥에 앉은 먼지가 좋다
그들이 많이 나를 닮아있기 때문이다

방바닥에 누워본다
먼지 옆에 누워본다
편안하다
나도 먼지가 된다
더욱 편안해진다

이다음 이다음 내가 아주 먼지가 되는 날
나는 더욱 편안해질 것이다.

나무는

나무는 항상 그 자리 지켜 서 있는 것만은 아니다
그렇다면 나무는 답답해서 살아 있을 수 없다
정말로 그렇다면 나무는 억울해서 숨조차 쉴 수 없다

날마다 날마다 나무는 자신을 해방시켜 허공에 보내고
바람에게 주고 또 새들에게도 나누어 준다

그렇지 않고서는 나무가 나무일 수 없는 일이다
푸르게 푸르게 자랄 수도 없고 하늘 높이 팔을 벌려
언 땅에 발을 묻고 서 있을 수도 없는 일이다

바람 부는 날 나무는 결코 울고 있는 것이 아니다
그것은 다만 바람과 함께 나누는 제 가슴속 이야기이며
새들이 울 때 새 울음을 빌어 들려 주는 제 숨겨진 노래이다

나무여 나를 순간순간 자유롭게 하라
나를 해방시켜 내가 정말로 나일 수 있게 해 다오.

등불을 켜놓고

등불을 켜놓고 잠을 자는 버릇이 있다
젊은 시절 더욱 많이 그랬다
외로울 때 서러운 마음일 때
등불을 켜놓고 잠이 들면
외로움과 서러움이 많이
가벼워지는 듯해서다

지금도 가끔은 머리맡 스탠드의
전등불을 끄지 않고 잔다
누군가 잠든 나 측은하게
바라보아주는 듯한 느낌
주름지고 흠집투성이의 이마와 성근 머리칼
곱게 쓰다듬어 그 가슴에 품어주는 듯한 느낌

아, 그 혼자만의 감사와 감격!
비가 오는 날 눈이 내리는 날
밝은 불빛 속에 비도 오고
눈발도 날렸을 것이다

어젯밤에도 전등불을 켜놓고
잠이 들었을 때 단잠이 들었는데
일어나 보니 밤사이 큰비가 내려
개울물이 많이 불어 있었다.

약을 먹으며

1년이나 2년이 아니다
그렇다고 한 달이나 두 달도 아니다
다만 하루나 이틀을
허락받기 위함이다

순간순간 살아서 숨 쉬고
눈빛을 빛내며 사랑하는 사람을
바라봄이 얼마나 귀한
생의 감사이고 축복이랴

느린 발걸음으로 쉬어가며
돌아가는 시침이 아니고
빙글빙글 돌아가는 분침도 아니고
재깍재깍 살을 조이는 초침 위에
목숨이 있고 목숨의 경각이 달려 있다

우리는 누구나 여름날의 하루살이!
죽는 날이 없을 것처럼
살지 말라
오늘의 일을 내일로 미룸은
게으름이 아니라 그것은 죄악이다.

겨우겨우

— 박희진 선생 시집 『영통의 기쁨』을 읽다가

날마다 투덜거리며
열심히 사는 것은
무언가를 얻기 위해
그러는 것이 아니라
이미 가진 것을 조금씩 내려놓고
버리기 위한 몸부림이란 것을,

때마다 순간마다
머리 조아려 기도하는 것은
높이 오르기 위해
그러는 것이 아니라
이미 올라간 곳에서 조심조심
내려오기 위한 노력이란 것을,

그리하여 비어있음으로
고요하고 가득하고
내려옴으로 평안하고 진정
행복에 이를 수 있음을!

겨우겨우 뒤늦게 알아갑니다.

9월의 산행

핸드폰을 끈 채 산길에 선다. 자꾸만 핸드폰을 살리고 싶은 유혹을 누르면서 오르막길 내리막길 꼬불길을 지난다. 그래 겨우 한 시간이나 두 시간 세상한테 잊혀지는 것이 그렇게 억울하고 섭섭하단 말인가.

바람이 불어와 목덜미의 땀을 씻어준다. 삽상하다. 산매미도 운다. 여러 가지 음색이다. 침입자에 놀란 산새가 강그라진다. 나도 놀란다. 또 하나의 세계다.

그래도 이렇게 떨리지 않는 다리로 산을 오를 수 있다는 게 얼마나 다행한 일인가. 이렇게 짬을 낼 수 있다는 게 또 얼마나 고마운 노릇인가. 내려가 다시 웃으며 만날 사람이 있어서 또 얼마나 좋은가.

그래 좀 더 가보자. 가보는 거다. 가보았자 아무 것도 없겠지만 가보는 거다. 산을 내리는 시간 땀에 절은 육신, 가벼워진 마음이라도 만나러 가는 거다.

· 2부 ·

그 아이

우선 조그맣다
동글납작
보기만 해도 안쓰럽고
목소리 듣기만 해도
눈물이 글썽

목이 멘다.

마른 꽃

가겠다는 말
차마 하지 못하고

헤어지자는 말
더더욱 하지 못하고

망설이고만 있다가
더듬거리고만 있다가

차마 이루지 못한 말로
굳어지고 말았다

고개를 꺾은 채
모습 감추지도 못한 채.

작은 깨침

사랑!
예쁘지 않은 것을
예쁘게 보아줌

믿음!
믿을 수 없는 것을
의심 없이 믿어줌

기적!
일어날 수 없는 일이
분명히 일어남.

바람 부는 날

너는 내가 보고 싶지도 않니?
구름 위에 적는다

나는 너무 네가 보고 싶단다!
바람 위에 띄운다.

답답함

아무리 밥을 먹어도 배가 고프고
아무리 물을 마셔도 목이 마르다

멍하니 앉아서 하늘을 보기도 하고
바람의 말에 귀를 기울이기도 한다

내 가슴이 왜 이리 답답한 걸까?

한참 만에 네가 보고 싶어서
그런 것이란 것을 깨닫게 된다.

우정

고마운 일 있어도 그것은
고맙다는 말
쉽게 하지 않는 마음이란다

미안한 일 있어도 그것은
미안하다는 말
쉽게 하지 못하는 마음이란다

사랑하는 마음 있어도 그것은
사랑한다는 말
쉽게 하지 않는 마음이란다

네가 오늘 나한테 그런 것처럼.

인상

말랑말랑, 뭉클!

가슴이 싸아 하니
아프다가 씀벅
번지는 눈물

세상 어디에도
없는 신기루.

끝끝내

너의 얼굴 바라봄이 반기움이다
너의 목소리 들음이 고마움이다
너의 눈빛 스침이 끝내 기쁨이다

끝끝내

너의 숨소리 듣고 네 옆에
내가 있음이 그냥 행복이다
이 세상 네가 살아있음이
나의 살아있음이고 존재이유다.

환청

맑은 날 하늘에서
쏟아지는
해금의 소리

너 지금
어디에 있는 거냐?

추녀 밑 지시락에
바다 물빛 떨고 있는
붓꽃 한 송이

애타게 찾아 헤맨다.

우리들의 푸른 지구 • 1

내가 너를 생각하는 동안만
지구는 건강하게 푸르다

내가 너를 사랑하는 동안만
우주는 편안하게 미소 짓는다

오늘 비록 멀리 있어도 우리는
결코 멀리 있는 것이 아니다

푸르고 건강한 지구
그 숨결 안에서 우리들 또한 푸르다.

더러는

세상에 분명히 있었으나
이미 세상에 없는

세상에는 없지만
마음속에는 있는

그림이거나 음악
더러는 사랑.

생각 속에서

자수 만나지 못해도 우리는
생각 속에서 언제나
함께 있는 사람들

동백꽃 피고 민들레꽃 피고
줄장미꽃 피었다가 지고
단풍잎 지고
눈이 날리는 그런 날에도

조금쯤
가슴은 아프겠지만.

까닭

나는 너에게 무엇을
줄 때만 기뻐하는 사람

나는 내가 준 것을 받고
기뻐하는 너를 보고
더욱 기뻐하는 사람

나에게 주는 기쁨을
가르쳐 준 너에게 감사한다

내일도 너에게
줄 것이 있게 해 달라고
하나님께 기도하는 까닭이다.

봄비가 내린다

봄의 들판에 내리는 비를 본 적이 있니?
들판은 결코 빗방울을 거부하지 않고
빗방울은 또 들판을 두려워하지 않는단다
빗방울은 하늘에서 훌쩍 뛰어내려
들판의 가슴에 안기고 들판은 빗방울을
부드럽게 소리 없이 받아들여 안아준단다
아니야, 하나가 되어버린단다
들판도 빗방울도 아닌 그 무엇!
그것은 내가 나를 떠나서 또 다른 내가 되고
네가 너를 떠나서 역시 또 다른 네가 되는
눈부신 매직, 떨림의 세상
그 떨림의 세상이 하나하나 들판의 새싹들을
일으켜 세우는 힘이 되는 거겠지
세상의 온갖 생명들을 존재케 하는 축복이 되는 거겠지
이제 우리의 사랑도 그리 되었으면 해.

너를 위하여

여자 너머의 여자
오로지 귀여운 아이

꽃 너머의 꽃
오로지 어여쁜 사랑

산 너머의 산
하나뿐인 조그만 믿음

내일도 또 내일도
그러하기를……

혼자서

무리지어 피어 있는 꽃보다
두셋이서 피어 있는 꽃이
도란도란 더 의초로울 때 있다

두셋이서 피어 있는 꽃보다
오직 혼자서 피어 있는 꽃이
더 당당하고 아름다울 때 있다

너 오늘 혼자 외롭게
꽃으로 서 있음을 너무
힘들어하지 말아라.

까닭 없이

왠지 섭섭한 마음
네 얼굴 오래 보지 못해
그런가…

왠지 안타까운 마음
네 목소리 오래 듣지 못해
그런가…

멍하니 생각할 때
까닭 없이 나는 쓸쓸하고 또
목이 마르다.

안쓰러움

그 몸에 그 작은 몸집에
안쓰럽게 붙어 있다

짧고 통통한 팔 끝에 조그만 손
손끝에 또 올망졸망 손가락들

뭉퉁하고 짧은 다리에 조그만 발
발끝에 또 조롱조롱 발가락들

그 얼굴에 그 조막 얼굴에
이목구비 그리고 치렁한 머리칼

안쓰럽기만 하다.

문간에서 웃다

왜 왔느냐
문간에 서 있는 네가
너무 이쁘다

문득 나타난 꽃인가
네가 웃을 때
차라리 눈을 감는다

언제든 잠시 머물다
가게 마련인 너
서둘러 떠나는 너

가거라 가서는
다시는 오지 말거라
그래도 너는 웃는다.

순간순간

순간순간
이별하면서 산다

언제 다시
만날 수 있을까 우리

큰 눈을 더욱 크게 뜨고
울먹이기도 하면서

날마다 처음이자
마지막인 목숨

사랑하는 마음 따라서
깊어지는 슬픔

순간순간 이별이
밥이고 또 술이다.

의자

결코 아름답지 않은 세상
너 한 사람으로 하여
아름다웠다

저만큼 나 다녀오는 동안 너
그 자리 지켜서 좀
기다려줄 수 있겠니?

옆얼굴

난해한 문장
무엇을 썼는지
판독하기 어렵다

무덤덤하다
때로는 두렵기도 하고
저 사람이 아니었는데…
싶기도 하다.

눈부처

알른알른 간지럽다
아슴아슴 보고 싶다

볼 때마다 두 눈으로
사진 찍고 찍어도
갈급한 느낌, 그 밑바닥

다시 두 눈에
눈물이 어려
무지갯빛

그렇게 너는
눈부처다.

둘이 꽃

너의 기도 속에 내가 있음을
내가 모르지 않듯이
나의 기도 속에 네가 살고 있음을
너도 또한 모르지 않을 것이다

우리는 둘이 꽃이다.

별들도 아는 일

너의 생각 가슴에 품고
너를 사랑하는 한
나는 결코 지구를 비울 수 없다

그것은 나무들이 알고
별들도 아는 일이다.

그래도 남는 마음

몸보다 마음을 더 많이
써먹고 가고 싶다

보고 싶은 마음으로 꽃을 피우고
그리운 마음으로 구름을 띄우고
안쓰러운 마음 서러운 마음으로
별들을 더욱 빛나게 하고

그리고도 남는 마음 있거든
너에게 주고 가고 싶다.

그래도

나는 네가 웃을 때가 좋다
나는 네가 말을 할 때가 좋다
나는 네가 말을 하지 않을 때도 좋다
뾰로통한 얼굴, 무덤덤한 표정
때로는 매정한 말씨
그래도 좋다.

부끄러움

앞으로 내민 손을
잡을 수 없어요

얼굴 마주하기
부끄러워 그렇고요
남이 볼까 그렇지요

그 대신 등 뒤로 내미는 손
잡아 드릴게요

그것이 제 믿음이고
제 마음의 표현이에요.

불평

그 애는 작은 키를 불평하고
작은 눈을 불평한다
굵은 다리를 불평하고
짧은 손가락 발가락
조그만 발을 불평한다
때로는 제 검은 머리칼까지 불평하여
갈색 물감을 칠하기도 한다
손톱과 발톱에 초록색
매니큐어를 칠하기도 한다
그러나 나는 그 애가 너무나도 이뻐서
간질간질해지는 가슴을 숨기며
짐짓 화난 표정을 짓는다
왜 그렇게 쏘아보시는 건데요?
당돌한 그 애의 한마디 말에 찔끔해지는 나
그 애가 가장 많이 불평하는 사람은 바로 나다.

파도

바위는 언제나 그 자리
그대로 있지만
파도는 저 혼자 애가 타서
거품을 물고 몰려와서는
제 몸을 부수고
산산조각으로 죽는다

오늘 너를 두고 나의 꼴이다.

곡성 가서

전화 걸었을 때
화내는 목소리 아니어서 다행이야
웃음소리 들려줘서 고마워

여기는 곡성
멀리까지 와서 푸른 바람
푸른 수풀
섬진강 물소리도 들리는 곳

네 생각 자주 오락가락
비구름 되어 산 위에 걸린다.

너 하나의 꽃

만나면 짧은 키
쌩동한 표정
언제나 섭섭하고

전화 걸면 네, 겨우 한마디
그것도 잘라먹는 말투
어쩐지 짠한 마음

그래서 마음을 불러 세우는 건가?
세상에는 없는 꽃
안쓰러운 오직 너 하나의 꽃.

산행 길

미안하다
내가 너를 너무 좋아해서
귀찮게 해서 힘들었지?
나도 네가 좀 싫어졌으면 좋겠다

이것이 오늘 나의 과업
내가 올라갈 산이다.

유츠프라카치아

헌 신발도 사람이
신고 다니면 덜 망가지고
다 쓰러져가는 집도
사람이 계속해서 살면
안 쓰러진다

어느 날 구두수선공에게서
들은 말이다

사람도 사랑해주지 않으면
쉽게 병들고 망가지고
스스로 죽어가기도 한다

돌아오면서 혼자서
중얼거린 말이다.

너를 두고

세상에 와서
내가 하는 말 가운데서
가장 고운 말을
너에게 들려주고 싶다

세상에 와서
내가 가진 생각 가운데서
가장 예쁜 생각을
너에게 주고 싶다

세상에 와서
내가 할 수 있는 표정 가운데
가장 좋은 표정을
너에게 보이고 싶다

이것이 내가 너를
사랑하는 진정한 이유
나 스스로 네 앞에서 가장
좋은 사람이 되고 싶은 소망이다.

어설픔

끝내 길들여지지 않는
너의 수줍음
너의 어설픔

언제나 배시시 웃을 뿐인
너의 절반 웃음
그것을 사랑한다

결코 길들여지지 않기로 하는
너의 수줍음이 순결이다
한결같이 떫은 표정

너의 어설픔이 새로움이다
애야, 부디 길들여지지 말거라
누구한테든 길들여져서는 안 된다.

함께 여행

오늘이 이 세상 마지막 날이다
하고
너를 본다

오늘이 이 세상 첫날이다
하고
너를 본다

언제나 너는 이 세상
첫 사람이고
마지막 사람

돌아오는 비행기 안에서
곤하게 잠든 너
훔쳐보기도 했단다.

핑계

못생겨서 예뻤다
못생겨서 사랑스러웠다
못생겨서 끝끝내
잊혀지지 못했다.

너를 찾는다

너 어디 있느냐?
많은 사람 속에서 너를 찾는다

너 왜 없느냐?
많은 꽃들 속에서 너를 찾는다

어디든 있고
어디든 없는 너!

사람 속에서 꽃이고
꽃 속에서 사람인 너!

너는 오늘 너무 많이 있고
너무 많이 없다.

인생

어디서 길을 잃었느냐
따져 묻지 마세요
다만 구경 좀 했을 뿐
모두가 내 탓이에요
그냥 잊어주세요.

바다 같은

날마다 봐도 좋은 바다
날마다 만나도 정다운 너
바다 같은 사람
참 좋은 내게는 너.

서로가 꽃

우리는 서로가
꽃이고 기도다

나 없을 때 너
보고 싶었지?
생각 많이 났지?

나 아플 때 너
걱정됐지?
기도하고 싶었지?

그건 나도 그래
우리는 서로가
기도이고 꽃이다.

어여쁨

무얼 그리 빤히 바라보고
그러세요!

이쪽에서 보고 있다는 걸
안다는 말이다

제가 예쁘다는 걸
제가 먼저 알았다는 말이다.

우리들의 푸른 지구 • 2

사랑한다는 말 대신에 하는 말
우리 오래 만나자

사랑하겠다는 말 대신에 하는 대답
우리 함께 오래 있어요

날마다 푸른 지구
내일 더욱 푸른 지구

오늘은 네가 나에게 지구이고
내가 너에게 지구이다.

우리들의 푸른 지구 • 3

너의 목소리 출렁
하늘바다에 물결을 일으키고

너의 웃음 고웁게
지구의 마음에 무늬를 만들고

너의 기도 두 손을 모아서
우주의 심장에 붉은 등불을 밝힌다.

블루 실 아이스크림

울컥울컥 녹는 인생이 마냥
서럽고도 안타까워 눈물겨웠다

너와의 만남 또한
한여름 날의 눈사람

순간순간 아쉽고도 서러워 그것은
찬란하도록 눈물겨운 것이었다.

청사과

아이인가 하면
어른이고
어른인가 하면
아이다

눈길이 멈추지 않는다
마음이 떠나지 않는다
생각이 시들지 않는다

그래, 좋다
오늘은 네 앞에서
나도 아이이고
또 어른이다.

국수를 먹으며

예뻐서, 예쁘기만 해서
사랑한 것은 아니다
안쓰러워서, 때로는 밉기까지 해서
사랑한 것이다

국수, 잔치국수 국물이
뜨거워서만
목이 멘 것은 아니다

그 애와 마주앉아
국수를 후룩후룩 소리 내며
먹던 때가 생각나서
눈물이 번지기도 한 것이다.

설레임 • 1

바람이 분다
설레는 마음

새가 운다
더욱 설레는 마음

저만큼 네가 웃으며 온다
설레다 못해 춤추는 마음

이렇게 설레임이 삶이다
설레임이 길이다

아니다 네가 나의 길이다
무작정 살아보는 거다.

설레임 • 2

그쪽의 마음이 이쪽에 와 있고
이쪽의 마음이 그쪽에 가 있는 한
둘이되 둘이 아니고
하나이되 하나가 아닌 그 무엇!

아직은 이름 없는 어린 꽃이거나
별이거나 그럴 것이다.

새초롬한

문득 낯설고 새롭다
저게 누굴까!

네 손목에 금빛 시계가 새롭고
네 귀에 달린 은빛 귀걸이가 낯설다
새초롬한 너

맨 처음 보는 사람만 같다
더욱 새초롬한 너
도대체 너는 누구냐!

가을이라도 아침이 시키는 말이다.

꽃과 별

너에게 꽃 한 송이를 준다
아무런 이유가 없다
내 손에 그것이 있었을 뿐이다

막다른 골목길을 가다가
맨 처음 만난 사람이
바로 너였기 때문이다

밤하늘의 별들을 바라본다
어둔 밤하늘에 별들이 빛나고 있었고
다만 내가 울고 있었을 뿐이다.

여행의 끝

어둔 밤길 잘 들어갔는지?

걱정은 내 몫이고
사랑은 네 차지

부디 피곤한 밤
잠이나 잘 자기를……

떠남

언제쯤 떠날 거냐 물었을 때
그 애는 화를 냈다

언제까지 있을 거냐 물었을 때
그 애는 짜증을 부렸다

그러면서도 오래 그 애는
떠나지 않았다

그렇게 여러 해 비비추꽃 보랏빛
옥잠화 하얀빛을 함께 보았다

정작 떠날 때 그 애는 말이 없이
그냥 떠나기만 했다

떠남이 말이었고
나도 또한 별 말이 없었다.

망각

보고 싶다
하루 이틀 사흘
그리고 또 몇 날

구름 위에 쓰다가
개울물 위에 쓰다가
풀잎 위에 쓰다가

봉숭아꽃이랑 분꽃이랑
채송화랑 외우다 외우다가
바장이다가

그만 잊어버리고 말았다.

시는 상처의 꽃이다

시를 쓰는 것을 우리는 창작한다고 말한다. 이때 창작의 창創자를 살피면 슬픔을 뜻하는 창倉이란 글자와 칼刀을 말하는 선칼도방刂으로 구성되어 있음을 본다. 또, 창倉이란 글자는 '상처'를 의미하기도 한다. 이런 것으로 보아 시를 쓴다는 것은 칼로 상처를 내는 행위요, 시는 또 그 상처에서 피어나는 꽃이라고 볼 수 있겠다.

이를 좀 더 우리들 인생이나 시작 과정에 빗대어 보면 다음과 같은 순서나 등식이 있음을 알게 된다. 칼 뒤에 외로움이 있고 그 뒤에 그리움이 있고 그 뒤에 실패가 있고 그 뒤에 사랑이 있고 또 무엇 무엇들이 있다. 시꽃 ← 상처 ← 칼 ← 외로움 ← 그리움 ← 실패 ← 사랑 ←열정 ← 소망욕망.

그러나 사회적으로 잘나가는 사람, 잘사는 사람, 뽐내는 사람에겐 이런 정서의 구조가 없다. 그러므로 유식한 척하는 시인들에게는 결코 좋은 시가 허락되지 않는다. 시를 쓰더라도 감동이 없는 시가 되는 것이다. 그런 점에서 우리는 자신의 상처에 대해서 감사해야 하고 실패에 대해서도 곱게 감수하는 마음이 있어야 한다. 이것이 바로 승화란 것이다.

그러나 요즘 우리들은 누구도 그렇게 하지 않는다. 요즘 우리들 세상은 헝그리의 시대를 넘어서 앵그리의 시대이다. 모든 사람들이 화가 나 있다. 텔레비전 어린이 프로를 보더라도 앵그리버드란 것이 나와서 판을 친다. 새들도 화가 나 있는 것이다.

그렇게 화난 새들을 보면서 아이들이 자란다. 그러니까 사람들이 화가 나지 않을 수 없는 것이다. 앵그리 보이, 앵그리 맘, 앵그리 영맨, 앵그리 그레이. 국민 모두가 화가 충만해 있다. 대한민국은 오늘날 화가 충만한 나라가 되었다. 이거 큰일이지 싶다.

왜 우리가 이렇게 되었는가? 우리가 그동안 '보다 빠르게, 보다 높게, 보다 넓게, 보다 크게, 보다 많이'를 인생의 목표로 삼고 살았기 때문이다. 그 결과 우리는 어떻게 되었는가? 과연 그것이 행복을 보장해 주었는가? 아니다. 우리는 누구나 불행한 사람이 되었고 빈털터리가 되었고 누구나 외로웠고 누구나 상처받은 짐승이 되었다.

그래서 지금 우리는 전 국민이 고통 받고 있고 신음하고 있는 것이다. 덫에 걸려 빠져나오지 못하고 있는 것이다. 열패감이 문제이다. 열패감이란 무엇인가? 열등감과 패배감의 합

성어다. 이것이 큰일이다. 이대로는 안 된다.

　친분 있는 의사한테 들어 보면 찾아오는 환자들이 하나같이 화가 나 있고 도움을 주려고 해도 곧이곧대로 듣지 않고 의심하고 자신이 나서서 이러니저러니 진단을 하고 치방을 하려고 한다고 한다. 그렇다면 왜 의사한테 오는가? 집에서 자기 혼자서 치료를 하지.

　환자가 병원에 간다는 것은 의사의 도움을 받기 위해서 가는 것이다. 당연히 겸손해야 하고 부드러워야 하고 낮아져야 한다. 의사의 말을 신뢰해야 한다. 그래야 산다. 그래야 병이 낫는다. 그런데 그렇게 하지 않는 것은 사람들이 정서적으로 문제가 있어서 그렇다. 병이 들어서 그렇다. 몸이 아픈 것도 문제이지만 정신적으로, 정서적으로 아픈 것은 더 큰 문제이다.

　어쩌면 몸이 아픈 것보다 마음이 아픈 것이 더 큰 문제다. 오늘날 우리는 정신적으로, 정서적으로 모두가 환자들이다. 그동안 우리가 잘못 살아온 결과이고 증거이다. 그 구체적인 사례가 세월호 사건이다. 이 사건은 우리들 정신의 IMF라고 할 만한 사건이다.

　어찌해야 할 것인가? 치료가 필요하고 위로가 필요하고 휴식이 필요하고 돌아봄이 필요하다. 이쯤에서 과감하게 정지 신호를 보내고 그것을 실행에 옮겨야 한다. 자기 자신을 용서하고 자신에게 있는 것에 만족해야 한다. 그러기 위해서는 가난한 마음을 회복해야 한다.

가난한 마음이란 빈한한 마음이 절대로 아니다. 그것은 작은 것, 낡은 것, 오래된 것, 약한 것, 옛날 것, 값비싸지 않은 것, 흔한 것을 아끼고 사랑하는 마음이다. 그리고 주변에 있는 많은 이웃들을 사랑하는 마음이다. 일상의 발견이요 일상의 사랑이다. 다른 사람의 마음과 입장과 처지를 헤아려 주고 이해해 주고 또 같이하는 마음이다.

이것이 바로 공자님이 말씀하신 인仁이요 석가님이 말씀하신 자비심慈悲心이요 예수께서 설파하신 긍휼히 여김이다. 이 시대는 종교조차 사악한 시대다. 종교인들도 상인이고 거짓 증언을 일삼고 자기 유익만을 챙긴다. 결코 우리들에게 유익이 되지 않고 위로가 되지 않는다.

그다음으로 우리에겐 만족할 줄 아는 마음이 중요하다. 노자『도덕경』에서 보면 지족지지知足知止, 만족할 줄을 알면 욕되지 않고 그칠 줄을 알면 위태롭지 않으니, 한없이 장구할 수 있다(知足不辱 知止不殆 可以長久).『노자』제44장란 말이 나온다. 지족이란 자기에게 있는 것에 만족하는 것이요, 지지는 멈출 때에 멈추는 것을 말한다.

간단한 문장이지만 이것은 참 어려운 일이다. 이걸 제대로 못해서 사람들은 더욱 크게 실패한다. 높은 사람, 잘나가는 사람, 학식 있는 사람, 많이 가진 사람들이 망신을 당하고 한꺼번에 무너진다. 이것만 제대로 실천할 수 있어도 성공한 인생이 된다.

지하철을 타다 보면 '워치 유어 스텝Watch your step'이라는 글자가 자주 나타나는데 우리야말로 지금 자기 발밑을 진정 살펴야 할 때이다. 나는 지금 어디에 와 있는가? 내가 딛고 있는 땅은 제대로 된 것인가? 그것이 정직하고 아름답고 깨끗한 것인가? 안전하기라도 한 것인가?

지난 6·4지방선거에서 진보 성향 교육감들을 선택한 것은 모두가 앵그리 맘들이 회동해서 그렇게 한 것이다. 이것이 무서운 것이다. 여기서 필요한 것은 한 줄이라도 좋으니 우리에게 위로를 주고 권유를 주고 휴식을 주고 축복을 주는 문장이다. 정말로 그런 시가 필요하다.

오늘날 우리는 모두가 속 빈 깡통이다가 찌그러진 깡통이다가 이제는 밟힌 깡통같이 납작해진 사람들이다. 그것은 어른들만 그런 것이 아니고 아이들도 그렇다. 그러기에 학교폭력이란 것이 나오고 왕따라는 것도 나온다. 이걸 바로잡고 멈추게 해야 한다.

그러나 마땅한 방법이나 처방이 없다. 이것이 문제다. 우선 나 자신을 찾는 길밖에는 없다고 본다. 내가 정말로 괜찮은 사람이라는 생각을 해야 하고 쓸모 있는 사람이라는 생각을 해야 한다. 열패감에서 벗어나야 한다. 그러기 위해서는 타인을 보지 말고 자신을 봐야 한다.

내가 가진 것에 감사하고 내가 가진 것을 사랑하고 아끼고 소중히 여겨야 한다. 언제까지나 우리가 다른 사람이 가진 것만을 바라보며 부러워해야 할 것인가? 그렇게 해서 한 가지라도 우리의 문제가 해결될 수 있으며 또 그것이 우리에게 행복이나 만족을 준다고 여겨지는가? 아니다. 받는 것은 열패감이요 끝내는 불행감이다.

이러한 마음의 고리를 끊어야 한다. 단박에 끊어야 한다. 나는 나다. 선언할 수 있어야 한다. 지금이라도 좋다. 이만큼이라도 감사하다. 나는 나다. 나의 것이 소중하다. 그러니 남의 것도 아껴 주고 인정해 주자. 그런 대전환이 필요하다.

타인이 있어야 나도 있는 것이다. 내가 소중하니까 타인도 소중한 것이다. 그렇다면 나와 너는 둘이 아니고 하나이다. 이것을 또 알아야 한다. 내가 건강한 것은 너도 건강한 일이다. 내가 병들고 아프면 우주가 병들고 아픈 것이나 마찬가지다. 나는 아주 작은 나이지만 우주이기도 하다.

사랑도 필요이다. 필요해서 사랑하는 것이다. 유용해서 사랑하는 것이다. 필요하지도 않고 유용하지도 않으면 사랑하지 않는다. 부모와 자식의 사랑, 친구 간의 사랑, 남녀 간의 사랑도 마찬가지다. 내가 너에게 필요하고 네가 나에게 필요하니까 사랑하는 것이다. 그러므로 우리는 상호 간 필요한 사람, 유용한 사람이 되도록 노력해야 한다.

우리 자신이 진정 필요한 존재이고 유용한 사람들임을 깨달 아야 한다. 내가 우리 부모에게 얼마나 필요한 사람이고 유용한 사람인가? 그것을 생각하고 그것을 깨달을 때 우리는 문득 눈물이 나기도 할 것이다. 내가 죽었다고 생각할 때 우리 부모는 얼마나 슬퍼하고 애통할 것인가? 그걸 생각하면 나의 삶의 하루하루가 더욱 소중해지고 경건해질 것이다.

  여기에는 자기만족이 선행되어야 한다. 달라이 라마 같은 분은 이렇게 말했다. "탐욕의 반대는 무욕이 아니라 만족이다." 얼마나 감사하고 좋은 말씀인가! 이것은 종교를 넘어서 우리 인생에서의 구원의 말씀이다. 나 자신 이 말씀을 듣고 노년의 욕망과 어리석은 사랑에서 구원을 받았던 적이 있다.

  이쯤에서 요구되는 것이 우리들의 시이다. 오늘날 시의 시대가 끝났다고 말하지만 그것은 결코 그런 것이 아니다. 시인들이 감동 없는 시를 써내서 그렇지 시의 시대는 결코 끝나지 않았다. 시인들이 자기들만 아는 시를 쓰고 자기들만의 언어 잔치를 하기 때문이다. 독자들에게 유용하지 않고 필요하지 않은 시를 쓰기 때문이다.

  우리가 왜 『논어』를 읽고 『성경』을 읽고 『노자』를 읽고 달라이 라마의 『행복론』을 읽고 소로의 『월든』을 읽는가? 유익하기 때문에 읽는 것이고 필요해서 읽는 것이요 위로가 있기 때문이요 인생의 지침이 되기 때문이고 우리에게 길을 보여 주기 때문에 그런 것이다.

　대답은 오히려 간단하다. 시인들이 독자들에게 필요한 시, 유용한 시를 쓰면 된다. 자기들만 좋아서 지껄이는 시를 쓰지 말고 다른 사람들에게도 알아들을 수 있는 시를 써야 하고 그들에게 감동이 되는 시를 써야 한다. 우리 시사에서 이상李箱이란 시인은 이상 한 사람으로 족하다. 오늘날도 많은 사람들은 시를 원하고 있다. 어떤 시를 원하고 있는가? 분석해야 알고 해설을 붙여야 이해가 가는 시를 원하는가?

　아니다. 직구를 날리듯 다이렉트로 들어오는 시를 원하고 있다. 생활 가까이 우리들의 이야기를 쓴 시를 원하고 있다. 우리들의 한숨, 우리들의 문제, 우리들의 고달픔, 슬픔, 원망, 소망, 안타까움, 그런 것들을 담은 솔직하고 친근하고 따뜻하고 부드럽고 거만하지 않은 시를 원하고 있다. 보통사람들의 평범한 일상의 시를 원하고 있다. 정말로 그것은 분명하다.

　그러기에 시인들은 지나치게 특수 쪽으로 나가면 안 된다. 자신을 특별한 사람, 선택 받은 인간이라고 여겨서도 안 된다. 그것은 시인의 불행이고 독자의 불행이다. 시인도 보통 생활인과 똑같은 사람으로서 인생의 동행인이 되어야 하고 감정의 이웃이 되어야 한다. 시인 자신이 까다로운 사람, 지체 높은 사람, 특별한 사람이 되지 않으려고 노력해야 한다. 그래야 독자들과 감정이입이 일어나고 또 감동 있는 시를 쓸

수가 있다.

시인들에게 권한다. 높이 올라가지 말고 내려오라. 산속으로 들어가려 하지 말고 시정 속으로 내려와라. 자신이 대단하거나 특별한 사람이라고 착각하지 말라. 당신은 어떤 면에서는 수준 이하의 사람일 수도 있다. 그것을 알아야 한다. 그런 다음에 다시금 당신의 시를 출발시켜라. 당신은 결코 감정의 귀족이 아니다.

만약 그렇게 생각한다면 거기서부터 벌써 실패다. 당신은 망한 나라의 군주다. 고대 인도의 카비르Kabir 같은 사람은 일생을 시장바닥에서 물을 긷고 베 짜는 사람으로 살면서 훌륭한 해탈을 이루었고 너무나도 아름다운 깨달음의 시를 남겼다. 나중에 시성 타고르의 멘토가 되기도 했다.

여기서 다시금 창작創作의 창創자에 대한 생각을 해 보게 된다. 시는 상처의 꽃이다. 인생살이를 하다가 받는 온갖 상처의 꽃이다. 그 꽃 뒤에는 칼이 있고 그 뒤에는 외로움이 있고 그 뒤에는 그리움이 있고 다시 그 뒤에는 실패가 있고 그 뒤에는 사랑이 있고 사랑 뒤에는 열정이 있고 다시금 그 뒤에는 어리석은 우리네 인간의 욕망 내지는 소망이 있다.

아, 이를 다시금 어찌할 것인가? 그러기에 우리는 다시금 인간이고 다시금 위로와 축복과 치유가 필요한 안쓰러운 인간들이다. 독자와 소통하는 시, 감동이 있는 시를 쓰기 원하는 사람들이여! 외로움 없이, 그리움 없이, 실패 없이, 사랑 없이 시를 쓰려고 하지 말라. 시는 진정 상처의 꽃이다. 이걸 꿈에서도 잊지 말라.

　나태주 시인은 지난 6월 이미 신작 시집 『자전거를 타고 가다가』를 낸 바 있다. 불과 4개월 만에 신작 시집이 또 나왔으니 이 얼마나 대단한 열의인가. 남들은 나태주 시인을 다작 시인이라고 하지만, 시인은 본인이 시를 쓰려고 마음먹고 쓰는 것이 아니라고 말한다. 시가 제 뜻대로 시인에게 찾아와서 어쩔 수 없이 쓰인다는 것이다.

　기존 시집들과는 다른 특별한 의미를 붙이자면, 이번 시집은 10월에 개관하는 〈공주 풀꽃문학관〉을 기념하는 의미를 갖는다. 나태주 시인이 처음 원고를 보내왔을 때의 제목은 '우리들의 푸른 지구'였다. 의아해하는 푸른길 식구들의 마음을 예상했는지 시인은 전화를 걸어왔다. 시인의 이야기에 따르면 우리가 살고 있는 지구는 말기의 행성이고, 인간의 삶 또한 끝을 알 수 없기에 우리 모두가 말기의 인생을 살고 있는 사람이다. 곧 여기서의 지구는 우리의 인생과 같다. 또한 시인은 푸른색을 가능성, 희망의 상징으로 보았다고 했다. 결국 '우리들의 푸른 지구'라는 제목은 우리의 인생이 불투명한 것처럼 보이지만 그 속에 희망과 가능성이 있음을 말하고자 했던 것 같다. '우리들의 푸른 지구'와 더불어 '돌아오는 길' 두

가지의 제목을 두고 쉽사리 결론이 나지 않자 결국 표지화의 분위기와 좀 더 어울리는 것으로 결정하기로 했고, 지금의 제목이 선택되었다.

이번 책의 편집 과정에서 유독 나태주 시인은 작품의 수정과 교체를 반복했다. 그만큼 이번 작품에 특히 고심을 거듭했다는 뜻이다. 원래는 「등불을 켜놓고」라는 시가 맨 처음에 있었는데 어두운 내용의 시를 뒤쪽으로 재배치하고, 앞부분에는 긍정적인 느낌의 시들을 추가하였다. 1부에서는 우리의 인생, 자연, 시인의 삶 등에 대해 이야기했다면, 2부의 주제는 단연 사랑하는 여인이다. 하지만 그 사랑 이야기는 해피엔딩이 아니라 대부분 거리를 두거나 떠나보내는 내용이다. 누구나 짝사랑, 이루지 못한 사랑의 경험이 한 번쯤은 있을 것이다. 그런 의미에서 시인의 시는 만인의 공감을 살 만하다. 무엇보다 나태주 시인이 항상 강조하는 시 세계는 읽어 내기가 쉬워야 한다는 것이다. 지금까지 시인의 모든 작품이 그러하듯 이번에도 다소 무겁거나 힘든 내용마저 가볍고 쉽게 써냈다. 어려운, 때로는 서글픈 인생에서 시인은 미래를 이야기하고 희망을 노래하고 가능성을 제시해 준다. 요즘처럼 아침저녁 찬바람이 부는 가을, 말기의 인생을 사는 우리에게 '돌아오는 길'에서 웃을 수 있는 방법을 귀띔해 주는 나태주 시인의 목소리에 다시 한 번 귀를 기울여 본다.

— 편집실에서, 정혜리